井上一枝 詩集

森のことば

竹林館

井上一枝詩集　森のことば　目次

4

5

カット　かまくらまい

井上一枝詩集

森のことば

森のことば
1

あかちゃんのこぶし（一）

きゅっ
ほ、ほう
かわいい　おてて

ぎゅっ
お、おう
ちからもち

きゅっ
ぎゅっ

こぶしに
いっぱい
えがおを　にぎって

あかちゃんのこぶし（二）

みぎのこぶしで
パパ　だいすき
ぎゅっ

ひだりのこぶしで
ママ　だいすき
きゅっ

にぎって
にぎって
ぎゅっ
きゅっ

どっちが　すき

おぼえたての
ことばで
女の子がきく

だからね
パパとあたしと
どっちが　すき

ママは　にっこり
ふたりとも　すきよ

だからね
だからね
どっちが　すき

だからね
だからね
どっちも　すき

まねっこ　しないの
女の子の　はずんだ
こころが　ちゅうがえり

もぐな先生のまほう

「おにんぎょうさん」

であうと
いつもそういって
ちょんと
かたをつついた
やさしいめが
ふわり
わたしのひたいに
とまる

ふりむくと
もぐな先生は
ちょうになって

ろうかのおくへ
とびたっていた

さんすうが
だいすきな先生
たった
それだけの
ことなのに　わたしも
さんすうが
だいすきになった

もぐな先生のまほう

入学式

小学校の
門の前で
おかあさんの手を
ぎゅっと　にぎる

うながすように
ゆるく
にぎりかえす
おかあさん

ゆら　ゆら
ゆら　ゆら
かげろうが
ついてくる
雪どけの道

できないやくそく

こんど
ぼくを
産むときはね
ぜったい
兄ちゃんより先に
産んでね
やくそくだよ
おかあさん

ふたつちがいの弟の
食い入るまなざしに
立ちすくんだ日

やくそくできない
まっすぐな　おねがいは

わたしのなかの
永久のともしび

森のことば 2

ハイビスカス

街の
小さな空へ
背伸びして　咲いている
ハイビスカスは
南の海を　見たいのです
ひとめ見れば
その理由が　わかります

真っ青の海原へ
もえさかる夏を
浮かべていたいのです
真っ赤な花を

雨つぶの詩

すきとおった
雨つぶが
葉っぱの先に
ふくらむ

梅雨のこやみに

しずくが
光をはじいて

みどりごの
なみだのように
きらめく

あなたに出会った日

雨の石段を
おそる　おそる
せなかを　おされて
一歩
あなたに　てらされて
また、一歩
雨音を　ふみしめる

けぶる
梅雨空に
純白の山法師《ヤマボウシ》が
かがやいていた日

あなたに
出会った
北鎌倉の寺

山が呼んでいる

遠い空で
山が呼んでいる

白雲が走り
やすらぎの道に
光あふれて
コマクサが　ゆれる

うす紅色に
谷間をそめて

山に登る人を
待ちながら
風になって　ゆれる

夏がくれば
きらめき渡る
はるかな空から

山がわたしを
呼んでいる

山頂へ

ゆっくりと
踏み出す
一歩　また一歩

ひたすら
一歩を重ねて
空にそびえる
あの頂上へ

鳥たちの影が
谷間を越えて
風に光る

雲海の
真綿のゆりかごが
雲の海原が
時空を超えて
わたしを　ゆらす

コマクサの花

あなたに呼ばれて
尾根を登る
ふきだす汗を
谷風にあずけて
どこまでも
青くすきとおった
空を見あげる

白雲が走り
うす紅色に　谷間を染めて

コマクサの花が　ゆれている
砂礫をつかんで
細くしなやかな根が
登ってくる人を
待っている

また、会えてよかった
あなたにささやく

夏色の山は　光あふれて
はるかな宇宙が
きらめきわたる

ひるがおの空

真夏の道を
急ぎ足で通ると
ひるがおが
そんなに急がないで
とささやいた
道ばたの草むらで
しなやかに
青空をかかえて

次の日から
わたしは
歩幅を　ゆるめ
こころを　ゆるめて
ひるがおの
空のなかを　歩いていた

風と歩く

いつもの道を
ちいさな草花をゆらす
風と歩く

うつむきかげんの
こころをうながして

谷風にさそわれて
山の道を歩く

澄みきった空へ
からっぽのこころを
あずけて

峰をめぐり
吹きおりてくる
風と歩く

バトンタッチ

まっすぐ
夏のまん中の
空へ
顔をあげていた
ひまわりが

首をすくめて
夜明けの雨に
打たれている

草むらで
ウマオイムシが
夏のしっぽに
ふれながら

——スイッチョ
　スイッチョ

試し鳴きを　はじめた

ヒゲの先っぽに
きりりと
秋をまきつけて

森のことば
3

秋色の絵手紙

ススキの穂先に
銀色のしずくが
ふくらんで
すきとおった
絵手紙が
うまれています

桜の枝先で
紅色の葉っぱが
クモの糸をゆすって

絵手紙が
ゆれています

できたての
秋色の
絵手紙が
夜明けの空を
ゆらしています

森の朝

光のシャワーをあびて
裸木が金色にそまり

小枝が　めざめて
いっせいに
夜明けの空へ　背のび

ひとつ
また　ひとつ
朝日が木々を　起こして

新しい朝が　生まれる
すきとおった
森が　生まれる

かげぼうし

おひさまが
東の空から
つんつん
せなかをおして
夜明けの散歩

白い道に
わたしの影が　のびる
ほそく　ながく
一本の木になって

西の空へ　向かって
わたしが　かけると
かげぼうしも　かける

わたしとかげぼうし
おいかけっこしながら
丁字路《ていじろ》で
右へまがったら

かげぼうしが消えた

ゆれる　ゆれる

ぶらんこがゆれる
二本の足で
ぐいぐいこいで
風の空が
ゆれる
ゆれる

青空が
大きく
いっかいてん

こころは
風船になって
大空をさんぽ

空の土俵で

南の空で
水色の雲が
ゆったり
両手をひろげて

まだ　まだ　夏

北の空で
灰色の雲が

じっくり
腰をすえて
　もう　もう　秋

夏と秋が
ガッチリ　くみあって
まうえの空で
おおずもう

日暮れの山で

落ち葉をふむ
かすかな足音がした
反対斜面を見渡すと
小さな鹿の姿が
その先の崖の上に
母鹿らしい姿も

――だいじょうぶ
　そのまま　下りるのよ

母鹿にうながされ
子鹿が下りだした
しっかり
落ち葉をふんで

わたしは
いつのまにか
母鹿になって
子鹿の姿をおっていた
日暮れの山で

つわぶき

つややかな
葉っぱに
晩秋を
すべらせて

寒空へ

金色の
笑顔をかさね
にぎやかに

せのびして
つわぶきの花は
なかよしかぞく

ひとりより
　ふたりで
ふたりより
　さんにんで

光を
わけあって
風を
よけあって

森のことば
4

白い冬

鉛色《なまりいろ》の空から
　ひら　ひら
初雪が　舞いはじめた

白いあかりが灯る
大イチョウの
てっぺんから　枝先まで

もみじ葉の下で
遊んだ
きのうまでが

みるみるうちに
白くかすんでいく

土のにおいも
草や花の色も
すっかりうもれ

雪雪
雪雪
雪雪
雪雪

見渡す限り
白い冬がきた

白い記憶

やくそくした
お留守番《るすばん》に
たえきれなくなった
わたしは
でかけた母を
追いかけて
粉雪が降る
家の外へ

泣きながら
ひっしで雪をこぐ
声は白いかべに
すいこまれ
小さな体は
雪のなかで
ぽつんと
黒い点になった

おさないこころに
めばえた
消すことのできない
かなしみのもと

雪の家つくり

大雪がやんだ
真っ青の空から
お日さまがのぞく

さそいあって
雪の原っぱで
家つくりをする

雪をふみかためて
自分の家の　間取りをつくる

居間には　いろりを
奥の部屋には　コタツも
わたしの部屋には　大きめの机を
花びんには　赤いバラも

雪の玄関に
仲間のお客さま
胸にかかえた
見えない花束を
おおげさに　差し出していた

わたしも
だいじに　受けとって

雪の花びんに　赤いバラをかざる

二人の笑い声が
雪の原っぱを
ころげまわった

凍《し》み渡《わた》り

夜中《よなか》から
キリキリ　冷え込んで
とびっきり　寒い朝は
雪晴《ゆきば》れだ
凍み渡りが　できる

早めに家を出る
カチカチに
雪が凍《こお》って
あたり一面
氷の鉄板《てっぱん》

こどもたちは
野ウサギになって

飛んだり
はねたり
はしゃぎまわる

青空へ続く
白い道
おひさまが出て
雪がとけだすまでの
凍み渡りの道

みんなで
スキップして
学校へ

大空のスキー

白銀をだいて
日ざしをけって
わたしは　すべる
空の坂道

粉雪けって
山並みこえて

すべる
　すべる

風をふりきり
わたしを　けって
銀色に　羽ばたいて
舞い上がり　舞い下りる

心は大空のなか

初まいり

初まいり
お宮さまの
石のかいだん
ふわふわ
こんもり
雪化粧《ゆきげしょう》

父さんは
かんじき　はいて
ググッ
ググッ
大雪を　ふみこむ
体ごとゆらして

子どもは
わらぐつ　はいて
ククッ
ククッ
大きな足あとの上に
小さな足をいれる

おめでとう
おめでとう

雪けむりをあげて
境内《けいだい》の木々から
落ちる雪

雪の学校

風ん子
雪ん子
げんきな子

せんせいと　うたって
みぞれの　校庭へ

大イチョウの下で
びしょびしょの
きいろい葉っぱを

ひろって
ストーブの
教室へもどる

冷えきった
ゆびのさきが
じんじんしびれる

葉っぱを
かぞえて
足し算と引き算の
お勉強

山のつり橋

木枯らしが吹く日は
羽をたたんで
落ち葉を道づれに
小鳥が　わたる

春風が吹く日は
芽吹きの山へ
登る人が　わたる

川風が光る日は
水面をつれて
雲の影が　わたる

山のつり橋は
ゆりかごになって　ねむる
星空にだかれて　ねむる

鳥追《とりお》い

鳥追いの夜
原っぱの雪洞《ゆきんどう》では
稲わらを積んで
ボンボン　燃やす

大人も
子どもも
わらのタイマツを
夜空にかかげて
鳥追い歌を　歌って
豊作を祈《いの》る

あの鳥どっから　追ってきた
信濃《しなの》の国から　追ってきた

なんでもって　追ってきた
柴《しば》ぬいて　追ってきた
柴ん鳥も　茅《かや》ん鳥も
立ちあがれ
ホーイ　ホーイ

小雪がちらつき
火の粉が飛び散る
はるかな時を超《こ》えた
祈りが
寒空の
炎の中に　よみがえる

今　朝がやってくる

野や
山や
海をおこしながら

朝焼けの
空をつれて
今　朝がやってくる

冬枯れの立ち木を
オレンジ色にそめ

家々の窓を
光のノック

「おはよう」
「おはよう」

きらめきながら
新しい朝が
やってくる

森のことば 5

ことしの春

できたての
空色の帽子を
ふわり
桜並木の大空へ
ひろげて

ことしの春が
舞いおりた

ふちどりを
芽吹き色で　飾って

見あげるひとを
すっぽり
うす紅色に　そめる
春の妖精

書き初め

白い筆で
澄みきった空へ
ゆったりと
綿雲の　書き初め

心をこめて
まっさらの空へ
白い筆で
広やかな空へ

わたしは　背伸びをして
大きく
一の字を　引く

ぐんと　広がり
ぐんぐん　のびる

きらめきかがやく
今朝の春の　書き初め

すみれ色に　そまって

春のとびらを
そっと　あけて
すみれが一輪　さいている

枯れ野の
落ち葉を　おしあげて

わたしは
すみれ色に　そまって
日暮れまで　歩いていた

早春の野山を

ひとりしずか

きがついたら
林のすみで
たったひとり
でも　ひとりぼっちではありません

あさ
ことりたちが
にぎやかにおこしてくれます

しおれそうなときは
こもれびが
金のしずくをふって
はげましてくれます

ねむれない夜
星くずが
やさしい音色で
なぐさめてくれるのです

コイワカガミ

コイワカガミは
春がだいすき
歌がだいすき

雪どけの林で
春風にさそわれて
めをさますと

うす紅色の花を
青空へかかげ

歌いだします

冬のあいだ
土のなかで待っていた
よろこびの調べが

ルールルルー
ラリラララー

野をかけめぐり
きらめきながら
大空をわたる

ウグイス

初なきの
うすみどりいろの
ウグイスの声

ホ、ホ
　ケ、ケ
ケキョ　ケキョ

恋なきの
ウグイスの声

ホー　ホケキョ
ホー　ホケキョ

春のトビラを
全開にして

空は
いのちの声をだいて
おおきな母となる

竹の子

あれ、
　れ、れ、れ

道のはしっこがもちあがって
ポコッ
しのび足のねこがにおいをかいで
オヤッ
早起きのハトがごはんをさがして
チョン
散歩のおばあさんが　目をほそめて
ホゥー

そこへ
かけてきたわんぱくぼうずが

なんだ、これ

竹の子は
あわててあたまをひっこめた

見えないものほど　強いものさ
出直し　出直し
おばあさんの声を聞いて

竹の子は
ブルン　ブルン
土のなかで　せのびをした

森のことば

ひとしずくの
水からうまれる
ゆたかな　森のなか

めばえる
ちいさな草木

からっぽの
みきをだいた
おいた木

しずかな　森のなか
朝日が　はしる

いのちの
けはいを　つなぐ
光の糸でんわ

こえは
きこえないけれど
はるかな時間《とき》を
つないで

森のことばが
すきとおる

山桜の空

ゆっくり　空へ
せのびをして　空へ

ここ
山の崖が
わたしの居場所

春風がくると
満開の桜の
花びらを

天にふきあげて

日暮れには
山を下りる
わたしのリュックに

ひとひら
ふたひら

花の　おきみやげ

迷いの底

もうだめ
まだできる
と迷うこころ
もうやれない
まだやれる
と惑うこころ
もうできない
まだできる

と押し問答
悩んで
迷って

ある朝
芽吹きの　さ緑の上に
こころは
ふわりと着地する

まだ　やれる

鳥になって

空にうかぶ
さくら色の花道を

鳥になって
歩いてみたい

花の蜜をすいながら
春の調べに
さまよいながら

さくら並木の
樹上を
空の果てまで
歩いてみたい

『森のことば』に寄せる

心の筆でえがく詩性・ポエジーの果実

野《の》呂《ろ》　昶《さかん》

詩集『森のことば』は、詩人の第二詩集です。第一詩集『銀の半月』は、郷里の自然や信州の山岳の美しさを、清新な詩性で感動的にうたい高い評価を受けました。今回の詩集も素材の中心は、森や林、山岳など自然です。詩人は、日常生活がどんなに都会の中心にあっても、常に関心は自然にあるのでしょう。

ただこのたびの詩集では、第一章をお孫さん（赤ちゃん）とのいのちの交流にあてられています。今までの詩人の作品としては初出で驚きを持って読みました。作品を見てみましょう。

あかちゃんのこぶし（一）

きゅっ
ほ、ほう
かわいい　おてて

ぎゅっ
お、おう
ちからもち

きゅっ
ぎゅっ

こぶしに
いっぱい
えがおを　にぎって

赤ちゃんが手をにぎったり、開いたりしているのでしょう。その様子におばあちゃん（詩人）が、「ほ、ほう／かわいい　おてて」とか、「お、おう／ちからもち」と声援を送っています。赤ちゃんは、そのたびに、喜んで全身で笑いでこたえているのでしょう。なんともほほえましい姿ですが、その様子を「こぶしに／いっぱい／えがおを　にぎって」のフレーズで表現しています。赤ちゃんと詩人とがむかいあって、にこにこ笑いあっている様子が、いきいきと表現されていて、秀逸です。

あなたに出会った日

雨の石段を
おそる　おそる

せなかを　おされて
一歩
あなたに　てらされて
また、一歩

雨音を　ふみしめる

けぶる
梅雨空に
純白の山法師が
かがやいていた日

あなたに
出会った
北鎌倉の寺

初恋の人との初めてのデートの感慨でしょうか。北鎌倉の寺の石段を二人で一歩一歩登っていく様子が、胸のときめきやよろこびと、おそれの感情とともに、いきいきと表現されています。「せなかを　おされて／一歩／／あなたに　てらされて／また、一歩」〝あなたにてらされて〟とは、恋人が女性を気づかう、やさしさ・あたたかさでしょうか。

「雨音を　ふみしめる」のフレーズの内に、二人のデートのよろこびが、しっかりと表現されています。それにしても、雨の日のデートとは素敵です。詩人のすきとおった感性が生み出した作品と言えるでしょう。

森の朝

光のシャワーをあびて
裸木が金色にそまり

小枝が　めざめて
いっせいに
夜明けの空へ　背のび

ひとつ
また　ひとつ
朝日が木々を　起こして
新しい朝が　生まれる

すきとおった
森が　生まれる

森が朝の新生の光をあびて、目ざめる情景をうたった作品です。「光のシャワーをあびて／裸木が金色にそまり」「小枝が　めざめて／いっせいに／夜明けの空へ　背のび」とは、なんと躍動的な表現でしょう。今まで眠っていた木々が、朝の光のシャワーをあびて、金色に染まり、枝々は夜明けの空へ向けて背のびをするのです。森の一本一本の木がつぎつぎ目ざめて、背のびをし、森が朝の光の中で躍動を始めます。森の朝の情景が選びぬかれた言葉で、見事に表現されていて、詩人の澄明な感性が生み出したすぐれた作品と言えるでしょう。

大空のスキー

白銀をだいて
日ざしをけって
わたしは　すべる
空の坂道

粉雪けって
山並みこえて

すべる
　すべる

風をふりきり
わたしを　けって
銀色に　羽ばたいて
舞い上がり　舞い下りる

心は大空のなか

高い山岳から急勾配のスロープをスキーでかけくだる時の感慨でしょうか。そこは雪原ではなくて、空の坂道なのです。「白銀をだいて／日ざしをけって／わたしは　すべる／空の坂道」「風をふりきり／わたしを　けって／銀色に　羽ばたいて／舞い上がり　舞い下りる」周囲はすべて白銀の世界、その上には紺碧の大空が広がっています。その大空を詩人はスキーですべっているのです。現実を超越し空想の世界に遊ぶ詩人ならではの世界でしょう。

書き初め

白い筆で
澄みきった空へ
ゆったりと
綿雲の　書き初め

心をこめて
まっさらの空へ

白い筆で
広やかな空へ
わたしは　背伸びをして
大きく
一の字を　引く

ぐんと　広がり
ぐんぐん　のびる

きらめきかがやく
今朝の春の　書き初め

「白い筆で／澄みきった空へ／ゆったりと／綿雲の　書き初め」この白い筆とは、詩人の心の筆のことでしょう。その筆はどんなに高い空の上にも自由にかけのぼり、字を書くことができるのです。「心をこめて／まっさらの空へ」「大きく／一の字を　引く」その一の字は「ぐんと　広がり／ぐんぐん　のびる」のです。心の筆は、詩人のエスプリそのもの、自由自在どこまでものびて、きらめきかがやき限界というものがありません。

詩を書くということは、私たちの身のまわりの自然や社会生活を通して、美と真実を求める営為です。しかも今までだれも発見できなかった美と真実を、できるかぎり短い言葉で表現する。その表現が新鮮で確かなリアリティを持っているとき、その作品は大きな感動となって、読者の胸にひびいてきます。

このたびの井上一枝詩集は、詩人の数十年にわたる美と真実を求めつづけた人生の果実ということができるでしょう。このたびの詩集のどの作品にも、そうした美と真実への求道精神が薫り、跋文を書くことによる第一の読者としての喜びを感じました。この詩集が詩を愛する多くの人々に読みつがれることを祈っています。

あとがき

森の中で、生きものたちの、ゆたかな沈黙と触れ合う一瞬は、得難い体験です。静かな森の中は、飛び交うことばが、あふれています。そのことばを、私は五感を研ぎ澄まして聞きとります。

第二詩集は、これまで、私が自然界で出会った生きものたちの、ゆたかな沈黙を、詩に書きました。

出版に際して、詩人の野呂先生に大変お世話になりました。お礼を申し上げます。かまくらまい様、素敵なカットをありがとうございました。また、出版社竹林館の左子真由美様にも多々お世話になりました。お礼を申し上げます。

令和三年八月

井上一枝

井上 一枝 （いのうえ かずえ）

1941 年生まれ。新潟県出身。神奈川県川崎市在住。

日本児童文学者協会 会員
「まほろば」21世紀創作歌曲の会 会員

詩集 『銀の半月』（2012 年　てらいんく）

住所　〒 215-0021　神奈川県川崎市麻生区上麻生 4-52-15

井上一枝詩集 **森のことば**

2021 年 9 月 1 日　第 1 刷発行

著　　者　井上一枝
発 行 人　左子真由美
発 行 所　㈱ 竹林館
〒 530-0044　大阪市北区東天満 2-9-4　千代田ビル東館 7 階 FG
Tel　06-4801-6111　Fax　06-4801-6112
郵便振替　00980-9-44593　URL http://www.chikurinkan.co.jp
印刷・製本　モリモト印刷株式会社
〒 162-0813　東京都新宿区東五軒町 3-19

ISBN978-4-86000-454-5　C0092

定価はカバーに表示しています。落丁・乱丁はお取り替えいたします。